꽃이 가득한 아름다운 날이에요

Blooming

Daily

Calendar

마음에
꽃을 피우는
365 플라워
일력

글·사진
머스테리
주재용

Collect 32

KB209317

동양북스

Blooming

Daily

Calendar

꽃이 가득한 아름다운 날이에요

글·사진 머스테리 주재용

📖 동양북스

Collect
32

꽃이 가득한 아름다운 날이에요

1판 1쇄 인쇄 2024년 10월 15일
1판 1쇄 발행 2024년 11월 20일

글·사진 머스테리 주재용
발행인 김태웅
기획편집 김유진, 정보영
디자인 어나더페이퍼
마케팅 총괄 김철영
마케팅 서재욱, 오승수
온라인 마케팅 양희지
인터넷 관리 김상규
제작 현대순
총무 윤선미, 안서현, 지이슬
관리 김훈희, 이국희, 김승훈, 최국호

발행처 ㈜동양북스
등록 제2014-000055호
주소 서울시 마포구 동교로22길 14(04030)
구입 문의 전화 (02)337-1737 **팩스** (02)334-6624
내용 문의 전화 (02)337-1734 **이메일** dymg98@naver.com

ISBN 979-11-7210-889-2 02810

· 이 책은 저작권법에 의해 보호받는 저작물이므로
  무단 전재와 무단 복제를 금합니다.
· 잘못된 책은 구입처에서 교환해드립니다.
· ㈜동양북스에서는 소중한 원고, 새로운 기획을 기다리고 있습니다.
· http://www.dongyangbooks.com

동양북스×콜렉트
오래 곁에 두고 펼쳐보고 싶은 책

인스타그램 @your_collect에서 출간 소식과 다양한 이벤트를
가장 먼저 만날 수 있습니다.

글·사진

머스테리
주재용

"하늘을 캔버스 삼아 꽃을 담습니다."

꽃의 싱그러운 아름다움을 찾아 사진과 목공으로 행복을 전하고 있습니다.
인스타그램을 통해 많은 사람과 꽃 이야기를 나누고,
핸드메이드 제작소 머스타드씨드의 대표로서
따뜻한 손길이 담긴 작품들을 만듭니다.
모든 이의 마음에 꽃이 피어나길 바라며 앞으로도
꽃처럼 따뜻하고 생기있는 이야기를 계속 피워내고 싶습니다.

인스타그램 @musteries

일러두기

꽃 이름은 국가표준식물목록에 등록된 이름을 따랐습니다.
다만, 국가표준식물목록에 등록되지 않았거나
일반적으로 널리 사용되는 이름이 그와 다를 경우에는
관용적으로 사용되는 이름을 적거나 병기하였습니다.

Prologue

살다 보면 예상할 수 없는 사건을 자주 마주합니다. 마음이 복잡한 순간이나 힘든 날도 찾아오죠. 그럴 때면 어디론가 훌쩍 떠나고 싶기도 합니다. 저도 그런 날이 있었어요. 그러던 어느 가을날, 저는 노을 진 하늘 아래 펼쳐진 수많은 꽃 사이에 서 있었고, 꽃이 전하는 위로에 마음이 벅차 눈물이 차올랐습니다. 그 순간 생각했어요. 이 감정과 시선을 담아내어 사람들과 나눌 수 있다면 얼마나 좋을까 하고요.

계절이 바뀌며 꽃들도 함께 변화하듯 제 마음도 점차 변해갔습니다. 겨울을 이겨낸 매화와 산수유꽃이 피면 곧 다가올 분홍빛 벚꽃길을 상상하며 설렘을 느꼈어요. 여름에는 청량한 하늘 아래 활짝 핀 해바라기를 보며 희망을 품었죠. 가을에는 풍성한 코스모스와 국화가 전하는 따뜻함에 마음이 물들었고, 겨울에는 차가운 공기 속에서도 피어나는 동백꽃을 보며 용기를 얻었습니다.

여행지에서 우연히 마주친 낯선 꽃들은 새로운 세계를 보여주었고, 꽃집에서 데려온 꽃들은 일상에 작은 변화와 기쁨이 되어주었어요. 길가에 핀 들꽃과 옆집 정원의 장미 그리고 빌딩 앞 화단의 팬지까지…. 소소한 일상에서 마주친 꽃들은 각자의 방식으로 저에게 위로와 희망을 전해주었습니다.

December 31

해가 저무는 것처럼, 올해도 저물어갑니다.
당신의 지난 365일이 꽃처럼 찬란했기를.

계란 소국&리시안셔스
Egg yolk Small-flowered Chrysanthemum&Lisianthus

하늘을 배경으로 꽃을 촬영하는 제 사진들에는 여백이 많아요. 사진을 찍으면서 들었던 말 중 가장 기억에 남는 것이 있습니다.

"빈틈이 없는 사람이 아니라, 작가님 사진처럼 덜어내고 담아낼 수 있는 여백이 있는 마음을 가진 사람이고 싶어요."

이 말은 제게 큰 울림을 주었고 파란 하늘에서 느낄 수 있는 높고 넓은, 그런 마음과 함께 꽃 사진을 전하고 있어요.

이 책이 여러분의 마음과 여러분의 공간에 꽃이 피어나게 해 주길 바랍니다. 일 년을 함께 하며 꽃이 가득한 아름다운 날들을 만들어가요.

힘든 날엔 위로를, 기쁜 날엔 축하를, 평범한 날엔 소소한 행복을 전할 수 있길 소망합니다.

꽃을 찾아오신 소중한 꿀벌 님들에게
머스테리 주재용 드림.

December 30

계절은 돌아 다시 찾아오니까 다음을 약속해요.

장미
Rose

January

1월

DECEMBER 29

섬세함과 고급스러움을 동시에 지닌 꽃입니다.
비싼 가격만큼 특별한 순간을 더욱 값지게 만들어주며,
안개처럼 부드러운 자태와 우아함으로 신부의 부케를 빛내주죠.

아스틸베
Astilbe

JANUARY 1

새해에는 우리 모두의 마음속에도
예쁜 꽃이 피었으면 좋겠어요.

구절초
White-lobe Korean Dendranthema

DECEMBER
28

튤립 *Tulip*

눈과 꽃은 함께하기 어려운 조합이라
겨울의 꽃 사진은 더 특별하죠.

JANUARY 2

꿀벌이 된다면, 나는 진한 향의
찔레꽃을 찾아다닐 거예요.

찔레꽃
Multiflora Rose

DECEMBER 27

너무 춥지만 잠깐 시간을 내서 거베라 한 송이를 데려왔어요.

거베라
Gerbera

JANUARY 3

안개꽃 풍선이 날아가요.
얼른 잡아요!

안개초(안개꽃)
Gypsophila

December 26

눈 내린 날의 고요함을 좋아해요.

장미
Rose

JANUARY 4

이 꽃의 꽃말은 "변치 않는 사랑"이에요.

리시안셔스
Lisianthus

DECEMBER
25

포인세티아 *Poinsettia*

Merry Christmas! 크리스마스의 따뜻한 분위기를 전해주는
포인세티아는 빨간 잎과 초록 잎의 조화가 참 아름다워요.
붉은 부분은 꽃잎이 아니라 색이 변한 잎사귀예요.

JANUARY
5

공작초 *Frost Aster*

꽃잎에 내려앉은 따스한 햇살처럼, 새해의 희망이 스며
우리 마음을 따뜻하게 합니다. 햇빛을 받아 활짝 피는 꽃처럼,
우리의 작은 꿈들도 더 밝고 아름답게 피어나길 바라요.

DECEMBER 24

빛에 민감해서 저녁 해그림자만 드리워도 바로 꽃을 오므려요.
날씨가 흐려도 꽃이 피지 않고요.
해가 반짝하면 꽃이 활짝 피니 사랑초야말로 진짜 해바라기죠?

스텔라타 사랑초
Oxalis Stellata

JANUARY 6

일반적인 튤립과 조금 다르게 생겼죠? 꽃잎 끝이 하늘거리며
마치 일부러 무늬를 만든 듯 주름져 있어 '레이스 튤립'으로도 부른답니다.

데이토나 튤립
Daytona Tulip

DECEMBER 23

예쁜 건 봐도 봐도 질리지 않아요.
꽃이 그렇잖아요.

다알리아
Dahlia

우리 곁에 잠시 머무는 하얀 눈,
그 하얀 눈밭 위에
기억에 오래 머물 발자국 하나를 남깁니다.

마거리트
Marguerite

DECEMBER 22

일 년 중 해가 가장 짧은 날,
석양을 바라보며 한 해를 돌아봅니다.

튤립
Tulip

JANUARY
8

데이토나 튤립 *Daytona Tulip*

꽃이 드문 겨울이지만, 튤립은 지금이 제철이에요.
화훼시장이 튤립으로 가득해요.

DECEMBER 21

이 꽃은 미국에서 만난 미니 과꽃이에요.
우리나라 미니 과꽃과 잎 모양이 조금 다르고
작은 꽃들이 옹기종기 모여 있어 더 귀엽고 단순한 매력이 있죠.
작아도 존재감이 확실하답니다.

미니 과꽃
Frost Aster

JANUARY 9

수선화는 나르시스Narcissus가
자신의 아름다움에 취해 연못에 빠져
세상을 떠난 그 자리에 피어난 꽃이죠.
이 설화처럼 물가에 주로 피고 물을 자주 줘야 해요.

수선화
Daffodil (Narcissus)

DECEMBER 20

하얗고 부드러운 꽃,
스카비오사로 당신의 하루가 조금 더 밝고 따뜻해지길 소원합니다.

스카비오사
Scabiosa

JANUARY 10

아직 너무 춥지만,
지금부터 차근차근 햇볕을 모으면
곧 봄이 찾아올 거예요.

노란 소국
Golden Small-flowered Chrysanthemum

DECEMBER
19

아미초 *Lace Flower*

아미초의 꽃이에요. 영어로는 레이스 플라워.
아미초를 비롯해 파슬리, 고수, 당귀, 당근 등의 미나릿과 식물들은
꽃대가 여러 갈래로 퍼져 접시 모양으로 꽃이 펴요.

JANUARY 11

오늘 하루도 햇살에 더 밝게 빛나는
데이지 같기를.

샤스타 데이지
Shasta Daisy

DECEMBER 18

날씨가 '꽁꽁' 얼었어요.
춥지 않도록 온몸을 '꽁꽁' 싸매요.

소국
Small-flowered Chrysanthemum

별 튤립 *Star Tulip*

추운 겨울에 찾아온 따스한 햇볕과 함께 담은 별 튤립이에요.
위에서 바라보면 별이 보여요.

DECEMBER 17

다가올 새해에 대한 기대로 설레는 연말.
이렇게 특별한 시즌에 꽃 선물이 빠질 수 없지요!
"새로운 시작을 응원한다"는 의미가 담긴 칼라를 보내드려요.

칼라
Calla lily

JANUARY 13

우연히 마주친 제주의 유채꽃밭.
저 멀리 보이는 바다와 바람에 흔들리는 갈대,
하늘을 꽉 채운 구름 틈으로 반가운 햇살이 찾아와준 순간이에요.

DECEMBER 16

하늘에서 내리는 눈은 차갑지만,
서로를 바라보는 우리의 눈은 따듯했으면 해요.

튤립
Tulip

JANUARY 14

동백꽃은 색깔별로 꽃말이 달라요.
빨간색 동백꽃은 "누구보다 그대를 사랑합니다."라는 뜻을 가지고 있대요.

동백꽃
Camellia

DECEMBER 15

솔잎을 닮은 잎에서 매화를 닮은 꽃이 피어서
순우리말인 '솔매화'라고도 불려요.

왁스플라워
Wax Flower

JANUARY 15

겨울의 깊이를 느끼기 좋은 1월,
제주에서 조금 일찍 만난 유채꽃은 유난히 싱그러웠어요.

유채꽃
Canola Flower

DECEMBER 14

이리와요. 저 눈송이처럼 포근하게 안아줄게요.
허그데이Hug Day니까요.

장미
Rose

JANUARY 16

살포시
놓고 갈게요.

튤립
Tulip

DECEMBER 13

딸기 맛 아이스크림이
생각나는 수국.
한입 크게 베어 물고 싶네요.

수국
Hydrangea

JANUARY
17

파스타 거베라 *Pasta Gerbera*

꽃잎이 납작한 파스타면 같아 '파스타' 거베라라 이름 붙여졌어요.
꽃송이가 손바닥만 해서 한 송이만 있어도 위엄 가득하죠.

DECEMBER
12

협죽도 *Oleander*

따뜻한 공기와 햇살이 있어야 꽃이 피어요. 우리의 마음도
꽃과 같으니, 연말에는 예쁘고 좋은 것들로 채워보세요.

JANUARY
18

마거리트 *Marguerite*

바람이 살랑살랑 부는 봄날의 마거리트.
봄날의 따스함이 느껴지시나요?

DECEMBER 11

자연의 아름다움은 우리에게 희망과 감사를 심어줍니다.

소국
Small-flowered Chrysanthemum

JANUARY 19

제주도 겨울 하늘 아래 피어난 동백꽃은
계절이 주는 반가운 선물이에요.

동백꽃
Camellia

눈도 마음도 시원해지는 함박눈을 닮은 꽃.
길쭉한 꽃대에 여러 송이가 피어나요.
꽃대가 칼처럼 생겨 라틴어로 검을 뜻하는
'Gladius'에서 이름이 유래되었다고 해요.

글라디올러스
Gladiolus

JANUARY 20

눈 내린 날에 만난 빨간 장미는
차가운 세상 속 따뜻한 마음 같았어요.

장미
Rose

기린초로 알려져 있어요.
그런데 사실 기린초와 전혀 다른 종이고 이름도 따로 있지만,
기린초꽃과 닮아서 그렇게 불린답니다.
섬세한 모양의 꽃과 청량한 연둣빛 잎 덕분에
다른 꽃들의 장식을 도와주는 데 많이 사용해요.

미국미역취(솔리다고)
Goldenrod

JANUARY 21

꽃이 가득한 봄을 기다리며

유채꽃
Canola Flower

DECEMBER 8

난초과에 속하는 식물로
아름답고 향기가 좋아요.
야생에서는 나무나 바위에
붙어 자란다고 하네요.

에피덴드룸
Epidendrum

JANUARY 22

빨간 동백꽃, 초록 나뭇잎, 파란 하늘, 갈색 참새.
지구의 색은 사진보다 눈에 담는 게 더 예쁠지도 몰라요.

동백꽃
Camellia

DECEMBER 7

계란꽃의 막내,
작고 사랑스러운 카밀레!

카밀레(마트리카리아)
German Camomile

JANUARY 23

하얀색과 연분홍색은 언제나 찰떡같지요.

구절초
White-lobe Korean Dendranthema

"정열"과 "조화". 꽃말처럼 화려한 색감을 가진 강렬한 꽃이에요.
따뜻한 온실에서는 겨울에도 꽃이 피어요.

부겐빌레아
Bougainvillea

JANUARY
24

시네라리아 *Cineraria*

다채로운 색을 지닌 시네라리아. 꽃은 데이지, 국화와 비슷히고
줄기에 자란 잎은 해바라기잎과 비슷해요.

DECEMBER 5

밝고 화사한 햇살을 닮은 너.

카밀레(마트리카리아)
Chamomile

JANUARY 25

일반 수선화와 달리 제주 수선화는
꽃 안쪽에 동그란 화관이 없고 겹꽃처럼 꽃잎이 옹기종기 모여있어요.
엄지손가락 정도로 작지만, 향기가 가득 들어있지요.

제주 수선화
Jeju Daffodil

DECFMBER 4

모든 것이 버겁고 나 혼자만 힘들다 느껴질 때가 있어요.
하지만 가만히 살펴보면 우리 모두 비슷한 길을 걷고 있답니다.
그러니 너무 힘들어하지 않았으면 해요.

계란 소국
Egg yolk Small-flowered Chrysanthemum

JANUARY 26

제주도를 대표하는 바다 금능해수욕장에서 만난 제주 수선화.
제주의 1월을 향기롭게 만드는 꽃이에요.

제주 수선화
Jeju Daffodil

DECEMBER 3

멕시코가 고향인 친구예요.
색상과 크기가 다양하고 화려한 꽃이 피는데
여름부터 가을까진 정원에서 키우기 좋지만,
겨울엔 추워서 구근이 얼 수 있으니 실내로 옮겨주세요.

다알리아
Dahlia

JANUARY 27

〈설중매雪中梅〉. 소설 제목으로도,
술 이름으로도 쓰인 이 단어는 '눈 속에 핀 매화'라는 뜻이에요.
이처럼 매화는 눈이 내리는 추운 날씨에도 꽃을 피워 우리에게 감동을 선사하죠.

홍매화
Red Plum Blossom

DECEMBER 2

아열대 지역에서 가로수로 흔히 볼 수 있는 나무인
피키폴리아유카리에서 핀 꽃이에요.
'Red Flowering Gum' 영어 이름 그대로 꽃이 정말 빨갛죠?
Gum은 수액을 분비하는
유칼립투스 속 나무를 뜻해요.

피키폴리아유카리
Red Flowering Gum

JANUARY
28

샤스타 데이지 *Shasta Daisy*

가까이에서 보면
더 예쁜 꽃.

DECEMBER
1

파스타 거베라 *Pasta Gerbera*

새콤달콤한 레몬빛 거베라.

JANUARY 29

겨울이 지나가고 있어요. 이제, 새로운 시작과 성장이
우리 모두를 기다리고 있는 봄이 곧 올 거예요.

유채꽃
Canola Flower

December

12월

꽃 이름이 돌고래를 의미하는
고대 그리스어 델피니오Delphinio에서 유래되었다고 해요.
꽃봉오리가 돌고래와 비슷하거든요.
꽃잎이 얇아 투명하게 느껴지는 것이 특징이에요.

델피니움
Delphinium

봄부터 가을까지 꽃을 피우는 화초도
한여름은 쉬어가지만,
이 친구는 끊임없이 꽃을 보여준답니다.
겨울에도 실내로 들여 햇빛을 잘 비춰주면 앙증맞은 꽃이 피지요.

사계국화
Grassland Daisy

JANUARY 31

새해의 첫 달인 1월은 새로운 계획을 세우고
한 해를 그려보는 시간이었어요.
혹시 아쉬운 점이 있다면 새로 시작하면 돼요.
아직 시간은 충분하니까요!

수선화
Daffodil

"새로운 만남"이란 꽃말을 가지고 있어
특별한 날 선물하기 좋아요.

알스트로메리아
Alstroemeria

February

2월

봄에 피는 공조팝나무꽃이에요. 꽃과 계절은
조금 늦거나 이르더라도 언젠가는 꼭 찾아옵니다.
그래서 이렇게 지난 계절의 꽃을 보며 그때를 추억하고,
다시 만날 날을 기대하곤 해요.

공조팝나무
Reeves Spiraea

FEBRUARY 1

꽃을 피우기 위해 차가운 공기를 이기고 있을 산수유.
이른 봄에 노란 꽃을 피워 봄을 알리는 산수유는
강인한 생명력 덕분에 "인내", "영원한 사랑"이라는 꽃말을 가지고 있어요.

산수유꽃
Cornelian Cherry Flower

NOVEMBER 27

마음에 쏙 드는 꽃과 함께라면
혼자라도 외롭지 않아요.

계란 소국&리시안셔스
Egg yolk Small-flowered Chrysanthemum & Lisianthus

FEBRUARY
2

개양귀비&수레국화
Flanders Poppy & Cornflower

날은 차갑지만, 우리의 마음은 따스하도록 햇살을 보냅니다.

NOVEMBER 26

제라늄으로 더 잘 알려져 있어요.
관리를 잘 해주면 겨울에도 계속 꽃이 피고 향도 좋아 인기가 많답니다.

페라고늄
Pelargonium

FEBRUARY 3

매년 2월 3일에서 5일 사이에 찾아오는 절기,
입춘立春이 되면
곧 봄을 맞이한다는 생각에 설레요.

벚꽃
Cherry Blossom

NOVEMBER 25

야생에서는 여름에 피는 꽃이지만,
화훼시장에서는 늦가을까지 볼 수 있어요.
추운 날, 따뜻함을 곁에 두고 싶어 꽃집에서 데려왔어요.

헬레니움
Helenium

FEBRUARY 4

겨울에 봄꽃을 만나려면
꽤 많은 가치를 치러야 하지만,
그래도 무척 예쁘게 피어서 데려올 수밖에 없었던
2월의 마거리트.

마거리트
Marguerite

November 24

꽃반지.
테이블에 코스모스를 놓았더니 반지 같았어요.

겹꽃 코스모스
Double Flowered Cosmos

FEBRUARY 5

꿀벌도 좋아하는 활짝 핀 매화.

매화
Chinese Plum Blossom

November 23

사랑하는 연인이 있다면
오늘 이 꽃으로
"변함없는 사랑"을 전해보세요.

리시안셔스
Lisianthus

February 6

바람에 나풀거리는 개양귀비를 바라보면
마음이 평안해져요.

개양귀비
Flanders Poppy

NOVEMBER 22

해가 떨어지는 방향이 해변과 마주 보고 있어
아름다운 일몰을 만날 수 있었어요

계란 소국&리시안서스
Egg yolk Small-flowered Chrysanthemum&Lisianthus

FEBRUARY 7

오늘의 꽃은 많은 사람이 좋아하는 안개꽃이에요.
외국에서는 Baby's Breath라고도 부른답니다.
정말 잘 어울리는 이름이죠?

안개초(안개꽃)
Gypsophila

NOVEMBER 21

이름 그대로 향기가 달콤한 꽃이에요.
그리고 〈센과 치히로의 행방불명〉 첫 장면에 나오는 꽃으로 유명해요.
치히로가 전학을 가게 되어 이별의 선물로 받은 그 꽃인데
"추억", "나를 기억해 주세요"라는 꽃말을 가지고 있어요.

스위트피
Sweet Pea

FEBRUARY
8

리시안셔스 *Lisianthus*

장미처럼 꽃시장에서
일 년 내내 볼 수 있는 리시안셔스

NOVEMBER 20

날씨가 점점 추워지니 첫눈이 기다려집니다.
아직 밖엔 꽃들이 피어있는데 말이죠.

구절초
White-lobe Korean Dendranthema

FEBRUARY 9

하늘하늘 꽃잎이 펼쳐져 있는 색다른 매력의 꽃이에요.
왜 '버터플라이'라는 이름을 붙였는지 알겠죠?

버터플라이 라넌큘러스
Butterfly Ranunculus

NOVEMBER 19

노을빛, 파도 소리, 시원한 바람 그리고 활짝 핀 꽃까지.
모든 것이 아름다운 날이었어요.

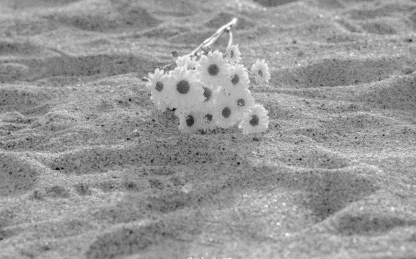

켸란 소국
Egg yolk Small-flowered Chrysanthemum

종소리가 들릴 것 같은 꽃.

캄파눌라(초롱꽃)
Campanula (Bellflower)

NOVEMBER 18

절화용으로 판매되는 국화는 크기에 따라
소국, 중국, 대국으로 분류해요. 이 꽃은 소국으로 보라미라는 품종이에요.

보라미 국화
Borami Chrysanthemum

FEBRUARY 11

우리 어서 봄을 준비해요.

산수유꽃
Cornelian Cherry Flower

NOVEMBER
17

구절초 *White-lobe Korean Dendranthema*

구절초 코르사주Corsage.
한 송이만 있어도 괜찮아요.

FEBRUARY 12

작은 꽃봉오리에도 별이 들고 꽃이 펴요.
그곳에 나비와 벌이 찾아오고요.
작아도 커도 있는 그대로 예쁜 게 꽃이에요.

큰개불알풀(봄까치꽃)
Field Speedwell

NOVEMBER 16

단풍, 낙엽 그리고
국화가 한창입니다.

국화
Chrysanthemum

FEBRUARY 13

비단향꽃무라고도 하는 스토크는
몽글몽글 귀여운 모양에 향기도 촉감도 좋아요.
꽃차로 즐길 수 있어서 식용으로도 재배하죠.

스토크
Stock

November 15

서로 달라도 함께 마음을 모으면 힘이 생겨요.

구절초&코스모스
White-lobe Korean Dendranthema&Cosmos

FEBRUARY 14

사랑을 전하기 좋은 날, 밸런타인데이Valentine Day.
마음을 담아 장미꽃을 선물합니다.

장미
Rose

"제 고향은 남아프리카예요.
자연이 아니면 절대 만들어낼 수 없는
'수수께끼' 같은 '신비'로운
아름다움을 간직하고 있지요."

거베라
Gerbera

FEBRUARY 15

라넌큘러스는 색깔별로 꽃말이 달라요.
그중에서 분홍색은 "꾸밈없는 아름다움"이란 의미가 있죠.
그러고 보니 정말 수수한 매력이 느껴지는 것 같네요.

버터플라이 라넌큘러스
Butterfly Ranunculus

NOVEMBER 13

한 송이 한 송이는 작지만,
밤하늘의 별처럼 모두 빛을 내고 있어요.
우리도 그럴 거에요.

안개초(안개꽃)
Gypsophila

FEBRUARY 16

꽃을 들고 거리를 다니면 사람들이 쳐다보곤 해요.
그중에서도 이 꽃은 더 많은 사람의 시선을 끌지요.

버터플라이 라넌큘러스
Butterfly Ranunculus

November 12

"당신과 있으면 마음이 편안해집니다."

페튜니아
Petunia

FEBRUARY
17

꽃은 피고 질 것을 걱정하지 않고
자연스럽게 시간의 흐름을 따릅니다.
생각이 많아 힘든가요?
걱정하지 말아요. 자연스럽게 시간이 해결해 줄 거예요.

November 11

중앙에 작은 속 꽃이 옹기종기 모여있어
모두 피면 꽃들이 종알종알 떠드는 것 같아요.
속 꽃 주변의 큰 꽃잎은 얇은 시폰처럼 부드럽답니다.

스카비오사
Scabiosa

FEBRUARY
18

카밀레(마트리카리아) *German Camomile*

오늘의 꽃은 카밀레입니다! 동글동글 귀여운 모습에
응원의 메시지까지 담고 있어 선물하기 좋은 꽃이죠.

NOVEMBER 10

서로의 이름을 알면 이웃이 되고 좋아하는 색까지 알면 친구가 되죠.
이 꽃은 아직 이름이 없어서 이웃이 되지 못했지만,
함께한 지 꽤 오래되었으니 이제 친구라고 부를게요.

소국
Small-flowered Chrysanthemum

FEBRUARY 19

높이가 가지런한 튤립들 사이,
키가 커서 높게 솟아오른 튤립 한 송이가 눈에 들어왔어요.

튤립
Tulip

크고 화려한 페튜니아가 작아져서
이 꽃이 되었다 해도 믿을 만큼
둘이 비슷하게 생겼어요.
페튜니아에 비해 칼리브라코아는
작고 앙증맞은 꽃이 풍성하게 피죠.

칼리브라코아
Calibrachoa

FEBRUARY 20

두 송이 거베라처럼
다정한 하루이길.

거베라
Gerbera

NOVEMBER 8

Do you like PINK?

국화
Chrysanthemum

FEBRUARY 21

초롱꽃과인 캄파눌라.
초롱초롱 맑은 사진을
담아봤는데 어떤가요?

캄파눌라(초롱꽃)
Campanula(Bellflower)

NOVEMBER 7

겨울의 시작이라는 입동.
하지만 가을을 보내기엔 아쉬워요.

억새
Silver Grass

하늘이 정말 파란 어느 날.
디디스커스 한 송이만으로도 충분했어요.

디디스커스
Blue Lace Flower

국화 하면 하얀색 꽃만 떠오르나요?
국화 축제에 가보면 이렇게나
여러 종류의 국화가 있다는 것에 놀랄 거예요.

국화
Chrysanthemum

FEBRUARY 23

강렬한 노란색을 띠어 화창한 낮에 보면 정말 최고예요.
그래서인지 꽃말도 "황금의 여신"이랍니다.

비덴스
Bidens

NOVEMBER 5

가을을 품은 은행나무 아래에서.

구절초
White-lobe Korean Dendranthema

February 24

세계 10대 절화Cut flower.로 손꼽힐 만큼 많은 사랑을 받는 꽃이에요.

알스트로메리아
Alstroemeria

이름처럼 꽃이 정말 사랑스러워요.

스텔라타 사랑초
Oxalis Stellata

가까이 더 가까이 다가가요.
Taking a closer.

거베라
Gerbera

NOVEMBER 3

깔끔하고 우아한 하얀색 미니 과꽃도 예쁘죠?

미니 과꽃
Chine Aster

FEBRUARY
26

가자니아 *Gazania*

환하게 피어난 가자니아는 마치 작은 태양 같아요.
그 빛이 당신의 하루를 밝히고 마음의 어둠까지 사라지게 해주길.

NOVEMBER 2

오늘은 영롱한 보랏빛 미니 과꽃을 소개하려고요.
작은 별 모양의 꽃들이 모여 있어 볼수록 귀여워요.

미니 과꽃
Chine Aster

레위시아는 아름다운 꽃이 피는 매력적인 다육 식물이에요.
해가 쨍쨍한 곳을 좋아하고 물은 가끔만 주는 게 좋아요.

레위시아
Lewisia

NOVEMBER
1

구절초 *White-lobe Korean Dendranthema*

"나를 찾아보세요."

비올라 *Viola(Pansy)*

비올라는 크기가 작은 팬지의 일종으로 매혹적인 향기와
독특한 무늬를 가졌죠. 이 꽃은 널리 퍼져 땅을 뒤덮는
습성 덕분에 이른 봄 길가에서 자주 만날 수 있답니다.

November

11월

FEBRUARY 29

활짝 핀 튤립은 생기가 가득해요.
어느 틈에 벌써 코앞으로 다가온 3월처럼요!

튤립
Tulip

OCTOBER 31

10월의 마지막 날에.

코스모스
Cosmos

March

3월

OCTOBER
30

국화 *Chrysanthemum*

분홍 국화를 마주한 순간,
제 마음에 꽉 찬 행복을 나눠드릴게요.

MARCH 1

봄의 시작 3월.
밖은 아직 쌀쌀하지만, 화훼시장은 벌써 봄을 맞이했어요.

OCTOBER 29

한 잎, 두 잎 떨어지는 은행잎을 보며
가을이 멀어질까 조급해집니다.

구절초
White-lobe Korean Dendranthema

꽃샘추위로 공기가 차가운 요즘,
벚꽃은 언제쯤 우리 곁을 찾아올까요?

벚꽃
Cherry Blossom

October 28

가을 틈새로 깃든 햇살에 봄날의 따스함이 스며있는 날.

메밀꽃
Buckwheat Flower

MARCH 3

꽃을 피우는 것은 햇빛과 비이고,
사람의 마음을 피우는 것은 사랑과 따뜻한 말이겠죠.

마거리트
Marguerite

OCTOBER 27

꽃잎이 흩날리는 곳곳에 사랑의 향기가 가득해요.

구절초
White-tobe Korean Dendranthema

MARCH 4

아네모네라는 이름은 그리스어로
'바람'을 의미하는 anĕmŏs에서 유래했어요.
그래서 영어로는 바람꽃, 즉 'Wind Flower'라고도 불립니다.

아네모네
Anemone

OCTOBER 26

빠르게 지나가면 보이지 않지만,
그 자리에 멈춰서 천천히 살피면 비로소 보이는 것들이 있죠.
오늘은 쉽게 지나쳐 제대로 보지 못한 것을 챙겨보세요.
놓쳐버린 행복이 어딘가 있을 거예요.

계란 소국
Egg yolk Small-flowered Chrysanthemum

MARCH 5

추위에 약해 우리나라에서는
한해살이 식물로 키우지만,
따뜻한 고향 아프리카에서는 여러 해를 살아요.
고향이 그립겠네요.

시네라리아
Cineraria

OCTOBER 25

바닷가 절벽이나 돌 틈처럼 척박한 곳에서
바닷바람을 이겨내며 꽃을 피우는 해국.
제주도, 울릉도 그리고 독도에서도 잘 자라요.
마침, 오늘이 독도의 날이라 기념으로 가져왔어요.

해국
Sea Aster

빨강, 노랑, 초록…
잉글리시 데이지 꽃밭 가득 형형색색의 봄기운

잉글리시 데이지
English Daisy

덩굴 식물로 분홍, 빨강, 보라 등 화려한 포엽이 특징이에요.
열대·아열대 지방에서는 일 년 내내
꽃을 피워 정원이나 벽 장식에 많이 사용하죠.

부겐빌레아
Bougainvillea

MARCH 7

해를 등지고 사진을 찍으면
하늘과 꽃의 색이 더 선명하게 보여요.

아네모네
Anemone

OCTOBER
23

국화 *Chrysanthemum*

햇살이 따뜻한 가을날은 꿀벌들이 다가올 추운 겨울을 나기 위해 분주히
활동하는 시기예요. 향이 진한 국화꽃밭에 꿀벌이 벌써 출근했네요.

MARCH 8

가장 먼저 찾아온 봄 친구 매화.
매화는 잎보다 꽃이 먼저 피어요.

매화
Chinese Plum Blossom

OCTOBER 22

"나는 당신과 함께 있을 때 가장 아름다울 거예요."

구절초
White-lobe Korean Dendranthema

MARCH
9

겹매화(흰만첩매실꽃)
Double Flowered Chinese Plum Blossom

남쪽에서는 이맘때쯤 매화가 절정이고 개나리도 피기 시작해요.
이른 봄에 찾아오는 꽃은 금방 떠나니까 부지런히 다녀야겠어요.

OCTOBER 21

함께라 더 특별한 순간.

천일홍
Globe Amaranth

MARCH 10

고흐의 〈꽃 피는 아몬드 나무Almond Blossom〉를
오마주했어요.
아몬드 나무는 아니지만 그럴듯하죠.

매화
Chinese Plum Blossom

OCTOBER 20

선명한 색채가 매력적인 계절이에요.

코스모스
Cosmos

MARCH 11

수국은 여름에 피는 꽃이지만,
이른 봄 꽃시장에서 먼저 만날 수 있어요.
별 수국은 보이는 것처럼 별 모양을 닮았답니다.
분홍 꽃별이 반짝.

별 수국
Star Hydrangea

OCTOBER 19

빗방울이 가을을
더 깊게 물들여주네요.

구절초
White-lobe Korean Dendranthema

MARCH 12

일반 매화와 달리
꽃받침과 봄에 새로 나온 가지가
푸른색이어서 청매화예요.
곧 터질 듯 꽃송이가 탐스러워요.

청매화
Green Plum Blossom

OCTOBER 18

꽃이 오랫동안 시들지 않고
아름다워 붙여진 천일홍이란 이름처럼,
꽃말도 "영원한 사랑"이랍니다.

천일홍
Globe Amaranth

매년 봄에는 한 송이 목련꽃을 사진에 담습니다.
다른 꽃송이에 걸리지 않고 각도도 맞아야 해서
생각보다 많은 나무를 찾아봐야 하지요.

목련
Magnolia

투명한 햇빛과 함께라면 코스모스도,
내 마음도, 깨끗해져요.

코스모스
Cosmos

MARCH
14

로단세 *Rhodanthe*

일명 '종이꽃'.
만졌을 때 종이처럼 혹은 말린 꽃처럼 바스락거려요.

OCTOBER 16

'개나리 노랑'이 경쾌한 느낌이라면
'백일홍 노랑'은 벨벳을 살짝 어두운 노랑으로
염색해 놓은 듯 우아한 느낌이에요.

백일홍
Zinnia

MARCH 15

쪼꼬미 노란 꽃이 총총총 모여 만들어내는
노란 산수유꽃 물결은
보는 것만으로도 기분 좋아지고 행복해져요.

산수유꽃
Cornelian Cherry Flower

OCTOBER 15

맑고 파란 가을 하늘 덕분에
가만히 있어도 미소가 지어지는 행복한 나날입니다.

겹 코스모스
Double Flowered Cosmos

봄비가 내리면 꽃들의 미소가
더욱 화려해질 거예요.

목련
Magnolia

OCTOBER 14

햇살이 느껴지는 사진을 보면
날씨와 상관없이 마음이 따스합니다.

국화
Chrysanthemum

MARCH 17

목련 나무에 핀 꽃을 자세히 보면
모양과 색이 다양해요.
자줏빛이 도는 목련꽃도 있답니다.

자목련
Purple Magnolia

OCTOBER 13

키가 2~3미터까지 자라는 식물이에요.
풍성한 꽃차례에서 우아함이 느껴지지 않나요?

팜파스그래스
Pampas Grass

MARCH 18

꽃 이름에 '사계'가 있으면
계절을 잊은 채 일 년 내내 꽃을 볼 수 있어요.

사계쑥부쟁이
Long-Blooming Aster

OCTOBER
12

왕관쑥부쟁이 *Crown Aster*

가을이 깊어질수록 아름다운 자태를 뽐내요.

MARCH 19

봄에 피는 국화여서
춘절국春節菊

춘절국
Rhodanthemum Marrakech

OCTOBER 11

"나는 변하지 않는다." 꽃이 피기 시작할 때는
노란색이나 흰색을 띠다가 점차 붉은색으로 변하는 란타나의 꽃말입니다.
우리도 란타나처럼 세월 때문에 모습은 변하더라도
나 자신은 변하지 말기로 해요.

란타나
Lantana

MARCH 20

매화가 떨어질 때쯤 살구꽃이 피어요.
두 꽃이 비슷하게 생겼지만,
살구꽃 꽃받침은 뒤로 젖혀있답니다.

살구꽃
Apricot Blossom

OCTOBER
10

구절초 *White-lobe Korean Dendranthema*

햇빛, 바람, 꽃 내음.
지금 그대로 충분한 '오늘'입니다.

MARCH 21

개나리를 가까이서 보니
마치 처음 보는 꽃처럼 느껴지지 않나요?
같은 것을 보아도 시선이 다르면
새로운 세상이 보일 거예요.

개나리
Korean Golden-bell

OCTOBER
9

보라미 국화 *Borami Chrysanthemum*

보라미는 충청남도에서 만든 국산 신품종 국화예요.
한국의 아름다운 자태를 닮아 단아한 매력이 느껴지는 것 같아요.

남쪽에서 들려오는
다양한 봄꽃 소식에 설레는 중입니다.

살구꽃
Apricot Blossom

OCTOBER 8

구름이 있어서 맑음이 있고,
흐리다가도 해가 쨍하는 것이 날씨입니다.
우리 마음도 날씨와 같아요.
그러니까 흔들리는 감정에 힘들어하지 않았으면 해요.

구절초
White-lobe Korean Dendranthema

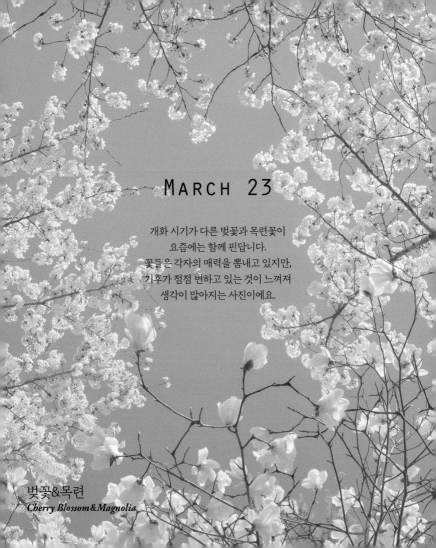

MARCH 23

개화 시기가 다른 벚꽃과 목련꽃이
요즘에는 함께 핀답니다.
꽃들은 각자의 매력을 뽐내고 있지만,
기후가 점점 변하고 있는 것이 느껴져
생각이 많아지는 사진이에요.

벚꽃&목련
Cherry Blossom&Magnolia

예쁜 것만 보고
예쁜 것만 생각하며 가을을 즐겨요.

노랑코스모스
Orange Cosmos

MARCH
24

디모르포테카(아프리칸 금잔화) *Dimorphotheca*

남아프리카에서 온 국화의 한 종류예요.
꽃시장에선 이름이 길어서 '데모루'로 불리죠.

일어나지 않은 일을 걱정하고,
하지 않은 일에 대해 너무 많이 생각하지 말아야겠어요.
대신 오늘을 누리는 거에요.

백일홍
Zinnia

MARCH 25

키가 작아 낮은 곳에 있는
향기별꽃에게도 봄은 찾아와요.

향기별꽃(아이페이온)
Spring Starflower

OCTOBER 5

이 안에 작은 우주가 있어요.

구절초
White-lobe Korean Dendranthema

MARCH 26

일교차가 커요.
건강 유의하세요!

수선화
Daffodil

OCTOBER
4

코스모스 *Cosmos*

마음속에서 행복이 빠져나가면 분노, 질투, 우울 등 나쁜 감정이
금세 그 자리를 채운답니다. 반대로 사랑, 감사 등 행복이 가득하면
나쁜 감정은 들어설 공간이 부족할 거예요.

MARCH 27

엘로 데이지라고 불리는 유리오프스.
노란 꽃 한 송이가 주위를 화사하게 밝혀주네요.

유리오프스
Euryops

OCTOBER 3

언제 '가장' 행복한가요?
가끔은 '가장 행복한 일'을 찾기 위해 노력하기보다 가까운 곳에서
느낄 수 있는 '소소한' 행복으로 하루를 가득 채워보세요.

코스모스&노랑코스모스
Cosmos&Orange Cosmos

매일 지나다니는 길가의 벚꽃이,
어느 유명한 곳의 벚꽃보다 더 예뻐 보이는 건
특별한 나만의 장소 같아서,
익숙해서, 마치 보고 싶은
친구 같아서 아닐까요?

벚꽃
Cherry Blossom

OCTOBER 2

할짝 핀 국화가 이 계절을 더 빛나게 해줍니다.

국화
Chrysanthemum

MARCH 29

사계절 중 봄을 가장 좋아합니다.
새로운 시작이 가져다주는 따뜻한 설렘을 느낄 수 있으니까요.

벚꽃&목련
Cherry Blossom&Magnolia

OCTOBER 1

새하얀 꽃잎이 아름다운 구절초는 우리나라를 대표하는 야생화예요.
맑고 깨끗한 이미지를 주어 "순수"라는 꽃말을 가지고 있어요.

구절초
White-lobe Korean Dendranthema

MARCH
30

리빙스톤데이지 *Livingstone Daisy*

눈이 부실 정도로 알록달록한 무지갯빛 꽃이 피는
리빙스톤데이지는 다육질의 잎과 줄기를 가졌어요.

October

10월

MARCH 31

꿀벌의 비행.

벚꽃
Cherry Blossom

September 30

아름다운 코스모스가 가득했던 어느 오후.

코스모스
Cosmos

April

4월

메밀은 춥고 척박한 땅에서도 잘 자라요.
성장도 매우 빨라서 옛날에는 흉년이 들면 곡식 대용으로 먹었다고 해요.
황무지에서도 잘 자라 강원도 산간, 제주에서 많이 재배하죠.

메밀꽃
Buckwheat Flower

APRIL
1

마거리트 *Marguerite*

계란에서 피어난 진짜 '계란'꽃이에요!
(만우절인 오늘 딱 하루만 만날 수 있는 희귀종이니까 비밀로 해주시고요.. 쉿!)

SEPTEMBER 28

가을이 무르익고 있어요.

구절초
White-lobe Korean Dendranthema

금빛 동전을 닮아서 이름도 금화에요.
금전운을 불러온다고 하니 어디 한번 기대해 볼까요?

금화
Gold Coin Daisy

SEPTEMBER 27

노을은 왜 예보를 안 해줄까요?
기상청에 의하면 노을은 해가 뜨거나 질 때
하늘이 여러 색으로 물드는 것인데, 비, 바람, 온도처럼
생활에 밀접한 관련이 없어서 눈으로 관측되면 기록을 하고,
예보는 안 한다고 하네요.

APRIL 3

꽃잎이 살랑살랑 바람에 움직이는 것처럼
봄날의 향기는 나를 가볍고 들뜨게 해요.

향기별꽃(아이페이온)
Spring Starflower

September 26

우울한 날에는 특히 더 오래 꽃을 바라봅니다.
바라보는 것만으로도 위로가 되거든요.

코스모스
Cosmos

APRIL 4

봄의 기운을 가득 채우는 벚꽃도 정말 좋아하지만,
벚꽃만큼 매력적인 다른 봄꽃도 많답니다.
그중 하나가 바로 자두꽃이에요.
새콤달콤 자두만큼 꽃도 정말 싱그러워요.

자두꽃
Common Plum Blossom

SEPTEMBER 25

산림청 국립수목원에서는 식물 이름의 기준을 국가표준식물목록에 수록하고 있어요.
여러 외래 식물과 국내 식물의 이름을 통일하고 정확하게 관리하기 위해서요.
이 꽃은 흔히 황화코스모스라 불리지만,
국가표준식물목록에서는 노랑코스모스로 표기하고 있죠.

노랑코스모스
Orange Cosmos

APRIL 5

해바라기를 닮았죠?
색이 진하고 모양도 강렬해서
태양국, 훈장 국화라고도 해요.

가자니아
Gazania

SEPTEMBER 24

천 일 동안 색이 바래지 않는다는 천일홍.
드라이 플라워로 만들면 더 오랫동안 그 색을 볼 수 있죠.

천일홍
Globe Amaranth

APRIL 6

막대 아이스크림처럼
달콤하게 핀 벚꽃송이.

벚꽃
Cherry Blossom

September 23

노란색 나비를 닮아,
호랑나비를 뜻하는 한자어 '호접胡蝶'에서 이름을 따왔다고 해요.

황호접
Cassia

APRIL 7

아르메니아는 잎이 부추처럼 생겨서
'나도부추' 혹은 '너도부추'라고 불려요.
하지만 부추는 알뿌리가 있는 수선화과이고
나도부추는 갯질경이과 식물이에요.

아르메니아
Armeria

SEPTEMBER 22

개화 시기가 여름부터 가을까지여서 9월엔
카페나 예쁜 상점에서 이 꽃을 종종 볼 수 있을 거예요.
그래서 영어권에서는 Autumn Zephyrlily라고 불린답니다.

흰꽃나도사프란
Autumn Zephyrlily

APRIL 8

겹벚꽃은 일반 벚꽃과 달리
잎이 먼저 나고 꽃이 피어요.

겹벚꽃
Double Flowered Cherry Blossom

SEPTEMBER 21

꽃을 담는 시간은 소중한 순간이에요.
햇살과 그림자, 구름과 바람이 함께하죠.

노랑코스모스
Orange Cosmos

APRIL 9

춘절국은 그 어떤 꽃보다 해를 사랑하는 것 같아요.
오후가 되어 하늘이 노랗게 물들어가면 꽃잎이 천천히 닫히고,
저녁에는 완전히 오므라들죠.
그늘에서는 꽃이 피지 않기도 한답니다.

춘절국
Rhodanthemum Marrakech

마치 무지개 셔벗 맛이 날 것 같은 여름의 꽃이에요.
시간에 따라 꽃 색깔이 계속 변해서 칠변화라고도 하죠.

란타나
Lantana

APRIL
10

마거리트 *Marguerite*

햇살이 비추는 새하얀 꽃을 바라보면
내 마음도 함께 밝아져요.

SEPTEMBER
19

노랑코스모스 *Orange Cosmos*

넓게 펼쳐진 코스모스밭을 보며 마음 넘치는 감동을 받았어요.
가슴이 두근거리며 모든 감정이 꽃잎처럼 흩날리는 것만 같았죠.

복숭아나무에서 피는 복사꽃은
벚꽃과 피는 시기가 비슷한데 더 늦게까지 피어있답니다.
봄꽃이 더 오래 우리 곁에 머물기 바라는 마음을 알아준 걸까요?

복사꽃
Peach Blossom

September 18

백일홍 중에서 키가 크지 않고 꽃도 작은 품종이지만,
계란꽃을 닮아 오히려 더 눈길이 가요.
화분에 심어 곁에 두고 키우기에도 좋아요.

백일홍
Zinnia

APRIL 12

원색의 알록달록함을 좋아한다면
당신은 분명 튤립을 좋아할 거예요.

튤립
Tulip

꽃시장에 가는 이유 중 하나는 새로운 꽃을 만날 수 있어서예요.
겹꽃 코스모스도 꽃시장에서 처음 만났죠.
'데이지도 국화도 아닌데 무슨 꽃이지?' 하면서
눈길을 잡아끌었어요.

겹꽃 코스모스
Double Flowered Cosmos

APRIL
13

튤립 *Tulip*

물론 하얀색 튤립도 예쁘죠.

SEPTEMBER 16

강아지풀과 함께 산책하기 좋은 요즘입니다.

강아지풀
Green Foxtail

APRIL 14

여백이 있는 사진을 좋아해요.
그리고 제 사진들처럼 여백이 있는 사람이 되고 싶어요.
빈틈없는 사람이 아니라 덜어내고 담을 수 있는
마음의 여백을 가졌으면 좋겠습니다.

마거리트
Marguerite

SEPTEMBER 15

가을이라 하기엔 아직 햇살이 뜨겁고 산과 들은
여전히 푸르러 애매한 9월.
하지만, 이때가 좋은 이유가 있어요.
코스모스, 저녁노을 그리고 밤마다 불어오는 선선한 바람!

코스모스
Cosmos

APRIL 15

종종 수사해당화로도 불리는데,
꽃이 실처럼 늘어져서 핀다고 '수사垂絲'라는
이름이 붙었다고 해요.

서부해당
Hall Crabapple

SEPTEMBER 14

산들바람에
생각도 근심도 다 날려 보내세요.

구절초
White-lobe Korean Dendranthema

APRIL 16

마거리트처럼 키가 작고 데이지처럼 생겨서
옐로 데이지라고도 불러요.

멀티콜 옐로
Multicol Yellow

SEPTEMBER 13

가을 향기가 솔솔 불어오는 중.

뚱딴지꽃
Jerusalem Artichoke

주로 나무에서 핀 꽃을 감상하기 위해
키우는 꽃복숭아나무예요.
하얀색 겹꽃이어서 만첩백도라고도 해요.

남경화(백도화)
Double Flowered Peach Blossom

SEPTEMBER 12

가을이 깊어지면 언젠가 코스모스는 빛깔을 잃겠지만,
우리 마음에는 언제나 핑크빛이 가득했으면 해요.

코스모스
Cosmos

APRIL 18

솜사탕같이
몽글몽글한 너.

겹벚꽃
Double Flowered Cherry Blossom

SEPTEMBER 11

닭 볏을 닮은 큰 꽃과 촛불 모양의 꽃은 한 뿌리에서 자란 같은 맨드라미예요.
큰 꽃이 자란 줄기의 곁가지에서 다른 모양 꽃이 핀 모습이 신기하지 않나요?

맨드라미
Cockscomb

APRIL 19

개나리, 목련, 벚꽃이 지나가도
사과꽃 같은 예쁜 꽃이 온 세상에 가득 피어나는 봄이에요.
그래서 봄이 좋은가 봐요.

사과꽃
Apple Blossom

SEPTEMBER
10

백일홍 *Zinnia*

한여름에도 꽃을 피우고,
서리가 내리는 늦가을까지도 모습을 보여주는 고마운 꽃.

APRIL 20

해가 뉘엿뉘엿할 때도
빛이 잠시 드는 곳에서는
꽃이 피고 진답니다.

사과꽃
Apple Blossom

SEPTFMBER 9

요즘 주위에 넘쳐나는 행복.

노랑코스모스
Orange Cosmos

APRIL 21

Turn on the flower,
this Science Day!

카밀레(마트리카리아)
German Camomile

SEPTEMBER 8

장마와 더위를 이겨내고
코스모스가 다시 피었어요.

코스모스
Cosmos

APRIL 22

순백의 미를 가진 흰 철쭉이에요.
공원이나 아파트 화단에서 자주 만나는 꽃이지만,
이렇게 가까이서 보니 정말 특별하지 않으요?

철쭉
Royal Azalea

맑은 가을 하늘을 보며
걱정, 근심, 고민 다 던져버려요.

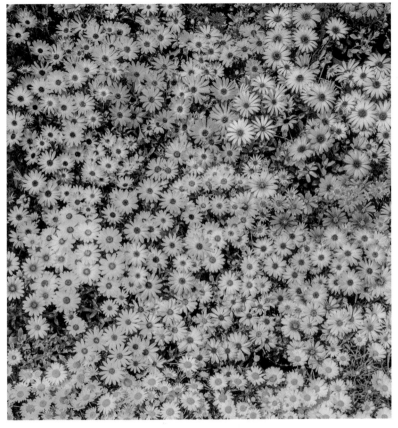

APRIL
23

날씨가 좋으면 내 마음도 화창하고,
날씨가 흐리면 괜히 내 마음에도 구름이 드리워요.
그래서 날씨 예보를 자주 살펴요
내일 날씨가 좋기를 바라면서요.

September 6

열대·아열대 식물로 우리나라에서는 제주도에서 자생하고 있어요.
꽃을 포함한 모든 부분에 독성이 있으니, 눈으로만 보세요!

협죽도
Oleander

APRIL 24

꽃산딸나무에서 피는 이 꽃은 하얀색이 아니에요.
꽃잎처럼 생긴 하얀색 잎은 꽃봉오리를 보호하는 포엽이고,
가운데 노란색으로 오밀조밀 모여있는 것이 진짜 꽃이랍니다.

꽃산딸나무
Flowering Dogwood

SEPTEMBER
5

소국 *Small-flowered Chrysanthemum*

가을은 국화의 계절.

APRIL
25

꽃산딸나무 *Flowering Dogwood*

목련처럼 꽃이 먼저 피고 잎이 나요.
그래서 산딸나무 중에서도 '꽃'산딸나무라고 불리나 봐요.

SEPTEMBER 4

"흐리고 비 내리는 날이 있지만,
맑은 날도 있으니까 괜찮아."

장미
Rose

APRIL 26

무슨 색 좋아하세요?
전 노랑이요!

황매화
Kerria

감자꽃을 닮았어요.
가짓과 식물로 주로 캘리포니아처럼 따뜻한 지역에서 자라죠.
엄지손가락 한 마디만 한 꽃이 무성하게 피어 관상수로 많이 키워요.

블루 포테이토 부쉬
Blue Potato Bush

노란 장미를 닮은
겹황매화.

겹황매화(죽단화)
Double Flowered Kerria

낮에는 여름, 저녁에는 가을.

코스모스
Cosmos

APRIL 28

근심 걱정 고민이 있다면,
민들레 홀씨 불 듯 '후' 불어서 함께 날려 보내세요!

민들레 홀씨
Dandelion Fluff

들판에 핀 왕고들빼기꽃을 만났어요! 국화과라서 그런지 계란꽃을 닮았네요.

왕고들빼기
Indian Lettuce

APRIL 29

'이팝'이라는 이름은 쌀밥(이밥)에서 유래했는데,
쌀알 같은 꽃이 피기 때문이에요.
멀리서 보면 눈 내린 것 같지만,
가까이에서 보면 그 독특한 꽃 모양이 뚜렷하게 보여요.

이팝나무
Retusa Fringetree

September

9월

APRIL 30

이 나무는 가을에 꽃이 지면 빨간색 열매가 열리는데
우리나라에서는 이 열매로 술을 담그기도 해요.
그런데, 하얗고 삐죽삐죽한 꽃이 마치 액세서리 같지 않나요?

서양산사나무
English Hawthorn

August 31

보랏빛 밤,
장미 두 송이.

장미
Rose

May

5월

여름철 잔디처럼 바닥에 넓게 자라는 맥문동은
보라색 작은 꽃이 이삭 모양으로 피어요.
여름의 싱그러움을 닮지 않았나요?

맥문동
Big Blue Lilyturf

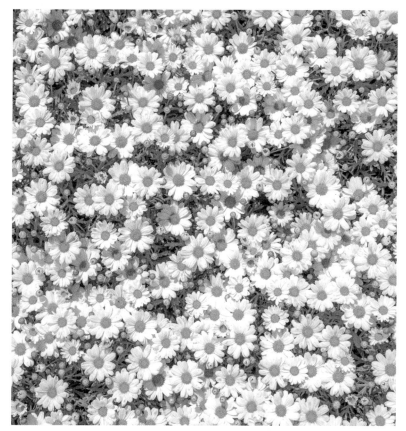

MAY
1

마거리트
Marguerite

꽃이 가득한 계절의 여왕 5월이 왔습니다.

AUGUST 29

자연의 색은 어쩜 이리도 예쁠까요.
더위가 조금 물러가면 알록달록 코스모스를 찾아다녀야겠어요.

코스모스
Cosmos

MAY 2

5월은 장미의 계절!
로맨틱한 흰 장미로 문을 열어볼게요.

장미
Rose

AUGUST 28

계절을 앞서가는 하얀 코스모스 한 송이 놓고 갑니다.

코스모스
Cosmos

MAY 3

하트 모양의 큰 겉 꽃잎은 곤충을 유혹하기 위한 것이에요.
안쪽의 작고 귀여운 꽃이 진짜고요..

라나스 덜꿩나무
Leather-leaf Viburnum

구절초가 길가에 하나둘 피어나기 시작하면
슬슬 가을이 오고 있는 거예요.

구절초
White-lobe Korean Dendranthema

MAY 4

♪ 올-해도 과--꽃이 피-었습-니다
꽃밭 가득 예-쁘게 피-었습-니다 ♫

미니 과꽃
Chine Aster

AUGUST
26

노랑코스모스 *Orange Cosmos*

여름과 가을 사이.
낮에는 매미 소리가, 밤에는 잔잔한 귀뚜라미 소리가 흘러와요.

어린아이들처럼 작고 귀여운
산타바바라 데이지들.

산타바바라 데이지(원평소국)
Santa Barbara Daisy

AUGUST 25

홑꽃, 겹꽃, 빨강, 주황, 노랑, 하양 등
모양과 색이 다채로운 백일홍.
7월에 만난 노란색과 흰색 꽃에 이어
오늘은 한여름을 닮은 빨강 백일홍입니다.

백일홍
Zinnia

MAY 6

빗방울이 만든 진동
활짝 핀 꽃이 주는 감동.

마거리트&샤스타 데이지
Marguerite & Shasta Daisy

AUGUST 24

작은 해바라기 같은 꽃.

헬리옵시스
Heliopsis

아카시아로 흔히 알고 있는
아까시나무의 꽃.
향기가 여기까지
전해지는 듯해요.

아까시나무
False Acasia

여름의 끝자락. 계절의 작은 변화가 모여
가을을 미리 느낄 수 있는 처서입니다.
해가 짧아지고 밤엔 풀벌레 소리가 들려오는,
벼꽃이 져서 논 빛깔이 점점 변하고 열매는 익어가는,
처서를 좋아해요.

수크령
Foxtail Fountaingrass

MAY 8

감사합니다.

카네이션
Carnation

들꽃은 너른 들판에 함께 피어있을 때 진짜 모습을 보여주는 것 같아요.
우리 모두에게 있는 그대로도 빛이 나는 각자의 자리가 있듯이요.

벌개미취
Korean Daisy

MAY 9

하얗게 눈이 쌓인
크리스마스트리 같지 않나요?

칠엽수
Japanese Horse Chestnut

AUGUST 21

한국 토종 야생 데이지랍니다.
그래서 영어로는 Korean Daisy!
늦여름부터 가을까지 피는
보라색 꽃이 정말 아름다워요.

벌개미취
Korean Daisy

MAY 10

봐도 봐도 또 보고 싶은 계란꽃.

마거리트
Marguerite

AUGUST 20

이름 그대로 왕관을 쓴 듯 독특한 모습의 꽃이에요.
꽃봉오리는 빨간색인데 꽃이 피면 빨간 꽃잎이 아래로 내려가면서
금색으로 된 관(금관) 모양이 되지요.

금관화
Blood Flower

MAY 11

겹꽃 샤스타 데이지는
작고 하얀 꽃잎이 빽빽해요.
마치 잉글리시 데이지를 풍선처럼 불어서
키워놓은 것 같아요.

겹꽃 샤스타 데이지
Double Flowered Shasta Daisy

AUGUST 19

달이 차고 이지러지는 것을 반복하는 동안
여름도 조금씩 저물어가고 있어요.

배롱나무
Crape Myrtle

MAY 12

파란 하늘을 보랏빛으로 물들이는
신비로운 꽃 자카란다.
아쉽지만 우리나라에서는
기후가 맞지 않아 볼 수 없답니다.

자카란다
Jacaranda

AUGUST
18

멜람포디움 *Melampodium*

따뜻한 중남미에서 왔기에 더운 여름에도 쉬지 않고 꽃을 계속 피워내요.
고향에서는 노란색 꽃잎이 버터처럼 부드러워 Butter Daisy라고 해요..

MAY 13

"천진난만", "순진함"이란 꽃말처럼
어린아이의 웃음소리가 들리는 듯한
귀여운 채송화꽃밭을 만났어요.

채송화
Rose Moss

AUGUST 17

따뜻한 기후를 좋아하는 히비스커스는
특히 하와이인에게 각별한 의미를 지닌 꽃이에요.
'하와이 무궁화'로 불리며 축제나 의식에 사용되기도 한답니다.
꽃잎이 크고 화려해서 멀리서도 눈에 잘 띄어요.

히비스커스
Hawaiian Hibiscus

MAY 14

사랑하는 사람에게 장미를 선물하며 마음을 표현하는
오늘은 로즈데이RoseDay랍니다.

장미
Rose

AUGUST 16

신비한 보랏빛이 도는 꽃이에요.
생김새와 질감도 독특하죠.

에린지움
Eryngium

MAY 15

"존경합니다."
카네이션 꽃말에는
"감사", "존경"의 의미가 담겨있어요.

카네이션
Carnation

AUGUST 15

8월 15일. '빛을 되찾은 날'이라는 뜻만큼 역사적인 날 광복절입니다.
독립운동가들의 희생을 기억합시다.

무궁화
Mugunghwa

MAY 16

옛날에는 없었는데 어느새 우리 곁 가까이에
자리 잡은 귀화 식물이에요.
길가에서도 꽃집에서도 자주 만날 수 있죠.

큰금계국
Lance-leaved Tickseed

AUGUST 14

오늘은 푸른 자연을 만끽하고
환경 보호의 중요성을 되새기는 그린데이Green Day랍니다.
여름의 푸르름을 만끽해 보세요.

배롱나무
Crape Myrtle

MAY 17

활짝 핀 작약은 두 손을 모아
꽃받침을 해도 넘칠 만큼 크고,
향기도 풍성해서
한 송이만으로도 충분해요.

작약
Peony

AUGUST 13

뜨거운 햇빛 아래,
여름 하면 생각나는
노란 해바라기가 주는 활기찬 에너지!

해바라기
Sunflower

MAY 18

장미는 역시 꽃의 여왕다운
화려함을 가졌어요.

장미
Rose

AUGUST 12

날씨 요정이 찾아와준 날에 만난
환상적인 일몰과 리시안셔스.

리시안셔스
Lisianthus

한 번 꽃이 핀 자리에서
여러 해 동안 계속 꽃을 피워요.
"내년에 또 만나자."

샤스타 데이지
Shasta Daisy

August 11

하루만 피는 꽃이어서 영어로 'Daylily'예요.
그래서 꽃말도 "기다림"인가 봐요.

원추리
Daylily

MAY 20

밝고 깨끗한 햇살 그리고
따뜻한 공기가 함께 하는 완연한 봄입니다.

찔레꽃
Multiflora Rose

AUGUST 10

아이스 리시안셔스!

리시안셔스
Lisianthus

MAY
21

스토크(비단향꽃무) *Stock*

오늘은 부부의 날이에요. 웨딩 부케 꽃으로 많이 쓰이는
이 꽃의 꽃말처럼 "영원한 사랑"을 약속해 보세요.

뜨거운 여름에도 꽃을 피워내는 수잔루드베키아지만,
오늘은 내리쬐는 강한 햇살에 지쳤나 봐요.

수잔루드베키아
Black-eyed Susan

MAY 22

"주문하신 계란후라이 나왔습니다."

샤스타 데이지
Shasta Daisy

잎과 꽃이 물에 뜨거나 수면 근처에 있으면 수련,
물 밖으로 나와 있으면 연꽃이에요.

수련
Water Lily

MAY 23

하얀 눈을 뭉친 듯, 수국과 닮은 꽃 설구화.

설구화
Japanese Snowball Bush

야자수에 꽃이 피고 열매가 맺혔어요.
미국 대통령 이름이 붙었지만,
고향인 캘리포니아에서는
'캘리포니아 지역에서 자라는
부채 모양 잎을 가진 종려나무'라는 뜻으로
California Fan Palm으로 불려요.

워싱턴야자
Washingtonia Palm

MAY 24

하늘이 완전 파란 날이었어요.
우울한 기분은 조금도 허락하지 않을 것처럼요!
이런 날의 햇살을 정말 좋아해요.

마거리트
Marguerite

AUGUST 6

바캉스의 계절.
바다를 품은 거베라.

파스티니 거베라
Pastini Gerbera

인동'초'라고 불리지만
사실 인동'덩굴나무'인 식물에서 핀 꽃이에요.
꽃이 처음 피었을 땐 흰색이었다가 시간이 지날수록
노란색으로 변해 금은화라고 해요.

인동덩굴꽃(금은화)
Golden-and-silver Honeysuckle

AUGUST 5

대표적인 여름꽃 능소화.
트럼펫을 닮은 주황색의 화려한 꽃이
경쾌함을 더해 주네요.

능소화
Chinese Trumpet Creeper

MAY 26

4월에 만났던 꽃산딸나무와 구분하는 방법이 있어요.
하얀색 포엽 끝이 뾰쪽하다면 산딸나무,
포엽 끝이 오목하게 들어가 있다면 꽃산딸나무에요.

산딸나무
Korean Dogwood

AUGUST 4

얼핏 보면 무더운 사막에 꽃이 외로이 피었나 싶겠지만,
사실 여기는 시원한 해변이에요.
이 사진처럼 행복과 불행도 보는 이의 마음에 달린 것 아닐까요.

계란 소국
Egg yolk Small-flowered Chrysanthemum

MAY
27

개양귀비 *Field Poppy*

관상용으로 키우는 개양귀비는 꽃양귀비, 또는 유럽이 원산지라서
서양 양귀비라고도 불려요. 당연히 모르핀 성분은 없답니다.

AUGUST 3

무더위에 구름도 쉬어가요.

배롱나무
Crape Myrtle

MAY 28

작은 개미와 크기를 비교해 보세요..
우리에겐 작디작은 꽃 한 송이지만, 개미에겐 큰 세상일 거예요.

멀티콜 옐로
Multicol Yellow

AUGUST
2

개망초 *Daisy Fleabane*

들꽃 하면 생각나는 꽃.
산비탈이나 자갈길, 풀밭 등 어디에서도 잘 자라요.

MAY 29

인생의 목표가 생겼어요. 오늘 하루 행복하기.
행복하지 않은 일이 생겼다면 긍정적으로 바꿔보기!

마거리트
Marguerite

AUGUST 1

여름의 절정인 8월의 첫날!
시원한 바닷가에서 만난 옥시페탈룸을 선물합니다.
밤하늘의 별을 닮아 '블루스타'라는 애칭이 있죠.

옥시페탈룸(옥시)
Oxypetalum

MAY 30

봄은 짧고, 지금이 지나면 일 년을 기다려야 하니
조금 더 자주 꽃을 보러 나가야겠습니다.

마거리트
Marguerite

August

8월

MAY 31

바다의 날,
파란 바다에서 만났던 분홍 리시안셔스를 선물합니다.

리시안셔스
Lisianthus

JULY 31

봄에 피는 벚꽃을 팝콘이라고 하는데
제 눈에는 여름에도 팝콘이 보여요.
하얀색 배롱나무꽃이 옥수수 알갱이 같은
꽃봉오리에서 터지듯 피거든요.

배롱나무
Crape Myrtle

June

6월

JULY 30

해변에 꽃이 피는 상상

계란 소국
Egg yolk Small-flowered Chrysanthemum

JUNE 1

남아프리카 공화국이 원산지로 캘리포니아처럼
따뜻한 기후를 가진 지역에서 잘 자라요.
줄기가 1미터 가까이 되는 큰 꽃이랍니다.

디에테스 그랜디플로라
Dietes Grandiflora

색이 아름다운 꽃이 피는 덩굴 식물로
열대 지방에서는 연중 개화해요.
우리나라에서는 기후 조건이 비슷한
5~9월에 꽃을 볼 수 있어요.

만데빌라
Mandevilla

JUNE 2

어느새 6월이에요. 올해의 남은 날들을 응원하고 싶어 이 꽃을 골랐어요.
"희망"이라는 꽃말을 가진 캘리포니아의 주화, 금영화랍니다.

금영화
California Poppy

JULY
28

장마가 물러가고 뭉게구름이 하늘에 둥실둥실 떠다녀요.
오늘은 즐거움이 하나 더 생겼답니다.
꽃이 아니라 하늘을 바라보는 즐거움이요.

꽃받침이 별 모양으로 펼쳐지고,
그 안에 여러 개의 꽃송이가 모여있어요.
다른 식물과 조화롭게 어우러져 정원에 심거나
꽃꽂이할 때 다양하게 활용한답니다.

아스트란티아
Astrantia

JULY 27

물놀이하기 좋은 날씨네요!

마거리트
Marguerite

JUNE 4

반짝이는 윤슬이 예쁜 강가의 꽃을 바라보면
마음도 반짝입니다.

큰금계국&수레국화
Lance-leaved Tickseed & Cornflower

JULY 26

이 꽃의 애칭도 '계란꽃'이에요.
요즘은 데이지의 애칭으로 쓰이지만,
예전엔 개망초를 계란꽃으로 불렀다지요.

개망초
Daisy Fleabane

JUNE 5

청﨩화국인데 파란색 꽃이라고 말하긴 어렵겠어요.
꽃잎이 보라색을 살짝 입혀놓은 듯 묘한 색이잖아요.

무늬청화국(블루 데이지)
Blue Daisy

백일홍百日紅. '백 일 동안 피어 있다'는 뜻처럼
여름부터 서리가 내리는 겨울까지 꽃을 볼 수 있어요.

백일홍
Zinnia

JUNE 6

오늘은 국토방위에 목숨을 바친 이의
충성을 기념하는 뜻깊은 날,
현충일입니다.

무궁화
Mugunghwa

JULY 24

낮에 뜬 별★
꽃이 별 모양이어서 도라지꽃이 핀 밭을 별 밭이라고 부른대요.
도라지꽃이 이렇게 예쁠 줄이야!

도라지꽃
Balloon-flower

JUNE 7

따뜻한 봄이 가고 새로운 파란 하늘이 보이기 시작하면
뜨거운 여름의 꽃이 피겠죠?

수레국화
Cornflower

JULY 23

이때의 고요한 바람, 나비의 날갯짓, 새소리가 좋았어요.

모나르다
Monarda

뾰족뾰족 가시에
찔리기 쉬워서 찔레꽃.

찔레꽃
Multiflora Rose

JULY 22

호랑이의 꼬리를 닮아서
'꽃범의꼬리'라는 이름이 붙었어요.
학명을 따라 피소스테기아라고도 해요.

꽃범의꼬리
Dragon's head False

JUNE
9

알리움 *Allium*

꽃대 하나에 자그마한
꽃 수백 송이가 모여있어요.

JULY 21

산책길에서 쉽게 만날 수 있는 들꽃이지만
더 가까이에 두고 싶은 마음이 들어 씨앗을 뿌렸어요.
오랜 기다림 끝에 드디어 예쁜 얼굴을 보여주었죠.

샤스타 데이지
Shasta Daisy

JUNE 10

마른 땅에서 피는 연꽃, 한련화旱蓮花.
연잎처럼 물방울을 튕기고 모양도 연꽃을 닮았는데,
연꽃과 달리 물이 적은 척박한 곳에서도 살 수 있답니다.

한련화
Nasturtium

JULY 20

연꽃도 여름꽃이죠.
새하얀 큰 꽃잎이 눈부시게 아름다워요.

연꽃
Lotus

JUNE 11

해가 쨍하고 맑은 날은
"산책하러 가자." 외치면 달려오는 강아지처럼 기분이 좋아지고
반대로 비가 오는 날은 잔잔함과 고요함에 기분이 가라앉지요.

샤스타 데이지
Shasta Daisy

JULY
19

회향 *Fennel*

지중해 연안이 고향이지만
강한 풍미의 잎과 열매 덕분에 여러 지역에서 널리 재배돼요.

JUNE 12

꽃이 사프란을 닮아서 '나도사프란'이라고 불려요.
하지만 사프란은 붓꽃과,
나도사프란은 수선화과로 거리가 먼 사이죠.

나도사프란
Rain Lily

JULY 18

가운데 암술이 가시처럼 뾰족해요. 손으로 만져보아도 제법 단단하고 거칠답니다.
에키나시아라는 이름도 고슴도치, 성게처럼 뾰족하다는 뜻의
그리스어 Echinos에서 유래했어요.

에키나시아
Echinacea

JUNE
13

상록패랭이꽃 *Evergreen China Pink*

카네이션과 비슷하게 생기지 않았나요?
카네이션도 패랭이꽃속이라 서로 모양이 비슷해요.

JULY
17

수잔루드베키아 *Black-eyed Susan*

꽃들은 대부분 매미가 우는 한여름에 기세가 꺾이지만,
수잔루드베키아는 뜨거운 기운을 받아 힘차게 꽃을 피워내요.

JUNE 14

구름이 걸린 꽃밭.
동화 속 한 장면 같아요.

큰금계국
Lance-leaved Tickseed

JULY 16

국화인 듯 해바라기인 듯, 익숙한 듯 생소하지 않나요?
꽃 가운데가 검은색이고 꽃잎이 해바라기랑 비슷해서
작은 해바라기라고 부르기도 해요.

수잔루드베키아
Black-eyed Susan

유럽에서 흔히 '여왕의 덩굴Queen of the Vines'이라 불리는 식물이에요.
7~13센티미터의 큰 꽃이 덩굴에서 쏟아져 내리듯 피어 정원을 화려하게 채웁니다.
보라색, 분홍색, 흰색 등 색상이 다양한데 오늘은 흰색 꽃을 가져왔어요.

클레마티스
Clematis

JULY 15

7월이면 반가운 마음으로 목수국을 만나러 갑니다.
앙증맞은 꽃망울이 동글동글 맺혀있어요.

나무수국 (목수국)
Panicled Hydrangea

JUNE 16

삶은 어지럽고 힘들고
어려운 일들이 가득해요.
그렇더라도 우리 모두 각자의 마음속에
긍정의 꽃을 품어보아요.

큰금계국
Lance-leaved Tickseed

JULY 14

연꽃은 꽃과 잎이 물 밖으로 멀리 나와 있어서
수심이 얕은 논, 진흙 같은 곳에서도 자랄 수 있어요.
게다가 연잎은 물에 젖지 않아 진흙 속에서 올라와도 잎이 굉장히 깨끗하죠.

연꽃
Lotus

JUNE 17

6월 9일에 만난 알리움과 같은 부추속으로
꽃 모양이 비슷하지만,
코끼리마늘꽃이 알리움보다
거칠고 더 강한 느낌이 있어요.

코끼리마늘꽃
Elephant Garlic Flower

JULY 13

달맞이꽃은 달이 뜨는 저녁에 꽃이 피고
낮달맞이꽃은 해가 떠 있는 낮에 꽃이 피어요.

분홍낮달맞이꽃
Pink Evening Primrose

JUNE
18

코끼리마늘꽃 *Elephant Garlic Flower*

과거 우리나라에선 대왕 마늘, 웅녀 마늘이라 불렸지만, 한국전쟁 때
미국이 가져가면서 마늘 모양의 큰 알뿌리가 있어 Elephant Garlic이라 불렀죠.
그 이후 다시 우리나라로 가져오면서 코끼리마늘이란 이름이 붙었어요.

JULY
12

거베라 *Gerbera*

장마가 끝나고 곧 무더운 여름이 오겠죠.
시원함 가득 담아 보내드려요.

JUNE 19

실 같은 여러 개의 꽃이 모여 하나의 꽃 뭉치를 만들어
영어로는 Silk Tree로 불려요.

자귀나무
Silk Tree

JULY 11

꽃이 귀해 옛날에는 양반집에서만 키웠대요. 그래서 일명 양반 꽃.
다른 나라에서는 고향이 중국이고 꽃이 트럼펫을 닮아
Chinese Trumpet Creeper라고 불러요.

능소화
Chinese Trumpet Creeper

JUNE 20

자귀나무는 모든 잎의 짝이 딱 맞아요.
그래서 옛날엔 사이좋은 부부를 상징했지요.

자귀나무
Silk Tree

JULY 10

어렸을 때를 떠올려보면
그때는 쉽게 볼 수 있었는데
요즘은 잘 안 보이는 꽃들이 있어요.
봉선화(봉숭아)가 그런 꽃 같아요.
흔히 듣고 보았는데 흔하지 않은 꽃이 되어버린….

봉선화
Balsam

JUNE 21

하얀색 꽃이라서 백합인 것 같지만,
백합의 '백'은 일백百을 의미해요.
알뿌리가 수많은 비늘로 되어 있어서 그런 이름이 붙었다고 하네요.

겹백합(로즈릴리)
Double Flowered Lily

JULY 9

노란 큰금계국 꽃잎이 환하게 빛나는 모습은
마치 작은 태양을 보는 것 같아 기분이 좋아져요.

큰금계국
Lance-leaved Tickseed

해바라기는 이름과 달리
해를 하루종일 쫓아다니지 않아요.
꽃을 피우기 전까지만
광합성을 위해 해를 따라다니는 거예요.

해바라기
Sunflower

JULY 8

비가 내리면 생각이 많아지곤 해요.
빗물과 함께 흘려보내야겠어요.

카밀레(마트리카리아)
German Camomile

JUNE 23

해외여행의 즐거움 중 하나는
이런 독특한 꽃을 만날 수 있다는 거예요.
아열대 지역 현지에서는
꽃이 신발을 닮아 Slipper Plant로 불려요.

유포르비아 로멜리
Euphorbia lomelii

JULY 7

아열대 지역에서 자라는 나무로 한국에서는 볼 수 없어요.
여름에 작은 황금색 꽃이 피어서 Gold Medallion Tree로도 불리죠.
주로 거리나 공원에 관상용으로 많이 심습니다.

카시아 렙토필라
Cassia Leptophylla

분홍색 사계국화예요.
햇빛이 강렬한 날에도 꽃을 피우는 친구들이죠.

사계국화
Grassland Daisy

JULY 6

복슬복슬한 털북숭이 테디베어 곰 인형 같은 꽃이에요.
고흐의 작품 〈해바라기Sunflowers〉에서도 이 꽃을 만날 수 있죠.

테디베어 해바라기
Teddy Bear Sunflower

JUNE
25

기생초(춘자국) *Garden Tickseed*

기생초의 '기생妓生'은 기녀를 뜻하는데 그만큼 꽃이 화려하다는 것을
알려줘요. 이 기생초는 중심의 붉은색이 포인트인데,
전체가 붉은색 혹은 노란색인 기생초도 있어요.

JULY
5

계란 소국 *Egg yolk Small-flowered Chrysanthemum*

여름 장마 사이 맑은 날이 찾아오면 꽃을 사 와요
기분이 좋아서요.

JUNE 26

동전만 한 크기의 코스모스라서
'아기 코스모스'라고 부르기도 해요.
꽃은 작지만 일 년 내내 꽃을 피우는 강한 생명력을 가졌어요.

사계코스모스
Swan River Daisy

JULY 4

꽃봉오리일 때는 커다란 한 송이 꽃이 필 것처럼 보이지만,
막상 개화하기 시작하면 작고 귀여운 속 꽃이 차례차례 하나씩 펼쳐져요.

디디스커스
Blue Lace Flower

JUNE 27

다가올 장마와 잘 어울리는 촉촉한 꽃 선물이 도착했어요.
흐린 날씨와 잦은 비로 여름이 점점 무르익어갑니다.

장미
Rose

JULY 3

‘삼잎’은 숫자 삼(3)과 관련된 게 아니라
잎의 모양이 삼(麻대마)잎과 비슷해서 붙여졌다고 해요.

겹삼잎국화
Golden Glow

수국은 토양에 따라 꽃 색이 달라져요.
올해 이렇게 흰색 꽃이 피더라도,
이듬해에는 토양의 성질에 따라 알칼리성이면 붉은색으로,
산성이면 파란색으로 변하죠. 마치 리트머스종이처럼요!

수국
Hydrangea

JULY 2

계절마다 다양한 꽃이 피는 예쁜 밭을 우연히 알게 되어
종종 가서 사진을 찍었어요. 어느 날 주인분과 만났는데 감사하게도
언제든 편하게 와서 사진을 찍어도 좋다고 하셨죠.
이 꽃은 그렇게 만났답니다.

패랭이
China Pink

JUNE 29

공기(공중)뿌리로 담 또는 나무를 타고
주변을 덮으면서 하늘을 향해 올라가요.
어디서 자라든 기어이 하늘을 바라보고
꽃을 피워 하늘(霄소)을 능(凌)가하는 꽃이 되죠.

능소화
Chinese Trumpet Creeper

JULY 1

우리말로 '나리'라는 참 예쁜 이름이 있어요.
오늘부터 백합이 아니라 나리로 불러줄까요?

백합
Lily

JUNE 30

6월의 마지막 날은 여름의 중심이면서,
일 년의 가운뎃점이기도 해요.
한 해의 반이나 달려오느라 수고 많았습니다.

소국
Small-flowered Chrysanthemum

July

7월